中国の
フェアリー・テール

A CHINESE FAIRY-TALE

ローレンス・ハウスマン 作
松岡享子 訳

福音館書店

装画　黒木郁朝

A CHINESE FAIRY-TALE
from "THE BLUE MOON"
Text by Laurence Housman

First published by John Murray, London, 1904
This Japanese edition published
by Fukuinkan Shoten Publishers, Inc., Tokyo, 2024

Printed in Japan

中国のフェアリー・テール

ティキ・プーは、とるにたりない小僧《こぞう》っ子《こ》でした。でも、その魂《たましい》の奥底《おくそこ》には、芸術《げいじゅつ》――それはティキ・プーにとっては絵を描《か》くことでしたが――に対する熱い思いが燃《も》えていました。その思いは、はけ口を求めて、ティキ・プーの小さなからだの中で、たえずもがき苦しんでいました。

ティキ・プーの主人は、大家《たいか》といわれる画家でした。大きな画塾《がじゅく》をもち、おおぜいの弟子《でし》や、塾生《じゅくせい》たちをかかえていました。この画塾《がじゅく》で、先生や塾生《じゅくせい》たちのために、絵の具をといたり、絵筆を洗《あら》ったり、絵を描《か》く下準備《したじゅんび》に台紙に紙をはったりするのがティキ・プーの仕事でした。床《ゆか》を掃除《そうじ》するのも、弟子《でし》たちがかんしゃくを起こして、絵筆を投げつけて破《やぶ》った障子《しょうじ》を繕《つくろ》うのも、ティキ・プーの役目でした。みんなの使い走りもしました。先生や弟子《でし》たちが制作《せいさく》にいそがしくて、近くの食べもの屋に食事にいけないときには、スープや肉料理を運んだりもしました。でも、自分の口にはいるのは、塾生《じゅくせい》たちが絵を描《か》くのに使って、床《ゆか》にまきちらしたパンくずだけでした。そして、夜は、その床《ゆか》のすみに、からだを丸めて眠《ねむ》るのでした。

ときたま怠《なま》け者《もの》の弟子《でし》たちが、絵の具をまぜあわせて色をつくる仕事を代わりにやらせてくれることがありました。そんなとき、ティキ・プーの魂《たましい》は指先に集中し、心臓《しんぞう》はうれしさに波立ちました。ああ、黄色に緑、それに、深みのある紅《あか》と青、それらをまぜあわせてできる紫色《むらさきいろ》！ そのすばらしさに、声をあげたくなるのをこらえるのがやっとでした。

先生が、塾生《じゅくせい》たちに講義《こうぎ》をするとき、ティキ・プーは、身をかがめて働きながら、じっと聞き耳を立てていました。そして、講義《こうぎ》に出てくる画家や、流派《りゅうは》の名前を全部そらでおぼえてしまいました。画家の多くは、何百年も前にこの世を去った巨匠《きょしょう》たちでした。画塾《がじゅく》の壁《かべ》には、こうした有名な画家たちの作品がいくつか掛《か》かっていました。中でもとりわけすばらしいのは、画室の一方の端《はし》に掛《か》かっている大きな絵でした。それを描《か》いたのは、ウイ・ウォニという、まるで風のような響《ひび》きをもつ名前の持ち主で、三百年前に生きていた画家でした。

ああ、その絵！　ティキ・プーにとっては、その絵は、世界全部を合わせたよりまだ値打《ねう》ちがあるように思えました。ティキ・プーは、その絵にまつわる物語も知っていました。それを知ってからは、その絵が自分の先祖《せんぞ》の墓《はか》よりも尊《とうと》く思えました。塾生《じゅくせい》たちもその物語のことは知っていました。でも、それはただの作り話だと思っているようでした。けれども、ティキ・プーは、ちがいました。ティキ・プーは、それを本当だと信じていました。その絵が、たとえようもなく美しかったからです。

それは、広々としたすばらしい庭園を描《えが》いた絵でした。たくさんの木や花が生《お》い茂《しげ》り、そこにさんさんと陽《ひ》の光がふりそそいでいます。庭の真ん中には美しい宮殿《きゅうでん》があり、画面の手前から宮殿《きゅうでん》に通じる小道が、みどりの間をぬって見《み》え隠《かく》れしていました。

それは、ウイ・ウォニの最晩年《さいばんねん》の傑作《けっさく》でした。その絵が完成したとき、ウイ・ウォニは、「これこそわたしの憩《いこ》いの場だ」と、いいました。

絵があまりに美しく出来上がったので、評判《ひょうばん》を伝え聞いた皇帝陛下《こうていへいか》が、自らそれを見においでになりました。そして、安らぎにみちた小道や、みどりの木々の間にゆったりとおさまっている宮殿《きゅうでん》を、うらやましそうにながめてため息をつき、「ああ、余《よ》もかような場所に憩《いこ》いたいものだ」と、仰《おお》せになりました。それを聞くと、ウイ・ウォニは、つと絵の中に足をふみいれ、そのままdirector すたすたと歩いて、小道を宮殿《きゅうでん》に向かってすすんでいきました。その姿《すがた》はだんだん遠ざかり、宮殿《きゅうでん》の壁《かべ》にある低い扉《とびら》の前までいったときには、ずいぶん小さくなっていました。ウイ・ウォニは、その扉《とびら》を開《あ》け、それからふりかえって、皇帝《こうてい》に向かって手招《てまね》きをしました。けれども、皇帝《こうてい》は、その誘《さそ》いに応《こた》えようとはなさいませんでした。そこで、ウイ・ウォニは、ひとりで中にはいっていきました。そのあと扉《とびら》は閉《し》まり、二度と開《ひら》くことはありませんでした。

これが、絵に伝わる物語でした。三百年前の出来事と知ってはいても、ティキ・プーには、この話は、まるで昨日のことのように新鮮《しんせん》に思えました。塾生《じゅくせい》たちがみんな帰ってしまって、部屋にひとりきりになると、ティキ・プーは、よくその絵の前に立ち、心ゆくまで絵をながめました。あたりが暗くなって何も見えなくなるまで見ていました。宮殿《きゅうでん》をながめ、その壁《かべ》にある小さな扉《とびら》――ウィ・ウォニがそこをくぐってこの世から消えてしまったという、あの小さな扉《とびら》をじっと見つめていると、魂《たましい》が指先に宿るのが感じられました。ティキ・プーは、その指先で、おそるおそる美しく描《えが》かれた扉《とびら》をたたいては、「ウイ・ウォニ先生、先生はそこにおられるのですか？」と、呼《よ》びかけるのでした。

さまざまな思いにとらわれて眠《ねむ》れない長い夜や、障子《しょうじ》を通して最初の光がゆっくりと部屋にさしこんでくる明け方など、ティキ・プーの魂《たましい》は、絵を描《か》きたいという思いではりさけそうになり、自分でももうどうすることもできないほどでした。台紙に紙をはることも、絵の具をまぜあわせることも、絵筆を洗《あら》うことも知りつくしたティキ・プーは、画家になるために必要なすべてのものを手の届《とど》く範《はん》囲《い》にもっていました。ただ、運命が自分に「おまえは画家になるのだ」といってくれさえすれば！

やがて、ティキ・プーは、これ以上自分をおさえておくことができなくなりました。ある朝、最初のひとすじの光が部屋にさしてきたとき、ティキ・プーは、固い床《ゆか》の寝床《ねどこ》から起きて、落ちている紙切れに、色をつけてみました。それからは毎朝、たちおとしや、盗《ぬす》んだ紙などに絵を描《か》きはじめました。はじめのうちはおずおずとやっていましたが、しばらくたつと、どんどん大胆《だいたん》になっていきました。

そのうちに、明け方から弟子《でし》たちが来るまでのわずかな時間では、とうてい満足できなくなりました。人が来るまでに、自分が使っていた絵筆を洗《あら》い、筆洗《ひっせん》をゆすいできれいにし、自分が絵を描《か》いていたとわかるような証拠《しょうこ》をすべて消し、そのうえ、床《ゆか》をはいて、ほこりをふこうとすれば、指先のうずきをしずめる時間などとてもなかったからです。

必要にせまられて、ティキ・プーは、塾生《じゅくせい》が夜道を歩くときに使うちょうちんにさしてある、ろうそくの燃《も》えさしを盗《ぬす》むようになりました。ときおり、塾生《じゅくせい》たちの中に、この前使ったときはたしかろうそくがまだ残っていたはずだとおぼえている者がいて、おまえが盗《と》ったのだろうと、ティキ・プーを責《せ》めました。ティキ・プーは、素直《すなお》に「そうです」とあやまり、「腹《はら》がへってたまらなかったので、食ってしまいました」と、いいました。

このうそは、さもありなんと思われて、そのまま信じられました。もちろん、そのためにこっぴどくたたかれはしましたが。そんなとき、すりきれた綿《わた》入れを一枚《まい》まとっただけのティキ・プーのからだは、折檻《せっかん》の痛《いた》みより、ふところでかたかた鳴っているろうそくのくずを見つけられはしないかという心配でふるえました。

けれども、ことの真相がもれることはありませんでした。そして、夜、画室の外でだれもが寝静《ねしず》まると、ティキ・プーは、ろうそく立てにろうそくをともし、そのあかりで絵を描《か》きました。自分の描《か》いている絵以外のものはいっさい目にはいらず、明け方になって、仕事をするのにもっと安いあかりが手にはいるまで、夢中《むちゅう》で描《か》きつづけるのでした。

ティキ・プーは、出来上がった自分の絵を見て、我《われ》ながらよく描《か》けたと思うこともありました。それでも、「ウイ・ウォニ先生がここにいて、教えてくださったらなあ」と、思わずにはいられませんでした。「そうしたら、りっぱな画家になれるかもしれないのに！」

ある夜、ティキ・プーの心に、自分はどうしてもウイ・ウォニ先生に教わりたい、教わらなければならないという思いがわき起こりました。そこで、大きな紙を台紙にはって、ウイ・ウォニが姿《すがた》を消したあの扉《とびら》の真正面にすわって、絵を描《か》きはじめました。これまで、こんな大作に手をつけたことはありませんでした。

かすかにゆれ動くろうそくのあかりのもとで、ティキ・プーはからだじゅうを目にして描《か》きつづけました。しまいには目がかすんで見えなくなるほど一所懸命《いっしょけんめい》に描《か》きましたが、それでも思うように描《か》けません。ティキ・プーは、手を止めて、もういちどウイ・ウォニの絵を見つめました。

どうして先生の絵では、何列にも重なっている木と木の間に空気があり、そこに陽《ひ》の光がさしていると感じられるのか。なぜ宮殿《きゅうでん》の壁《かべ》にある小さな扉《とびら》に通じる小道が、見《み》え隠《かく》れしながらも、たしかにつながっているとわかるのか。その秘密《ひみつ》がどうしてもつかめないのです。

ティキ・プーは、絶望的《ぜつぼうてき》な気持ちになりました。ウイ・ウォニの絵の秘密《ひみつ》は、はるか自分の手の届《とど》かないところにあるように思えました。絵を見つめているティキ・プーの目に涙《なみだ》があふれ、涙《なみだ》は、ほほを伝って絵の具つぼの中に落ちました。

こぶしで涙《なみだ》をぬぐいながら、ティキ・プーが、なおも絵を見つめていたときです。宮殿《きゅうでん》の壁《かべ》にある、あの小さな扉《とびら》が、すっと開《あ》きました。そして、そこから小《こ》柄《がら》な老人がひとり姿《すがた》をあらわし、こちらに向かって、小道を歩いてくるではありませんか。ティキ・プーのやせこけたからだの中で、魂《たましい》がピクッととびあがりました。「ウイ・ウォニ先生だ。先生が、こっちへやってくる！」魂《たましい》は、のどの奥《おく》で声にならない叫《さけ》びをあげました。

ウイ・ウォニが近づいてくるのを見て、ティキ・プーは、思わず帽子《ぼうし》をとり、床《ゆか》にひれ伏《ふ》しました。しばらくしておそるおそる顔をあげてみると、偉大《いだい》な画家は、自分におおいかぶさるほど近くに立っていました。そして、画面の端《はし》から片《かた》手《て》をさしだしていいました。

「わたしといっしょにおいで。絵を習いたいのなら、わたしが教えてあげよう」

「ああ、ウイ・ウォニ先生、先生は今までずうっとあそこにおられたのですか？」と、ティキ・プーは我《われ》を忘《わす》れて叫《さけ》びました。

「ずうっといたよ。そして、窓《まど》からおまえを見ていた。さ、はいりなさい！」

ティキ・プーは、とびあがって、絵の具でよごれた手で、先生の手をつかみ、大きく息を吸《す》いこんで、絵の中に飛びこみました。

美しく咲《さ》き乱《みだ》れる花の間を歩きながら、自分の足が今ふみしめているのは、あのウイ・ウォニの絵の中の小道だと思うと、思わず知らず踊《おど》りだしたくなりました。ウイ・ウォニは、先に立って、ゆっくりと足をすすめ、ときおりふりかえっては、ティキ・プーにあとについてくるよう合図をしました。ティキ・プーはといえば、自分をとりまく世界のふしぎさにすっかり心をうばわれ、まるで陸に上がった魚のように口をあけたきりでした。

突然《とつぜん》、ティキ・プーは、「先生、おききしてもいいでしょうか？」と、いいました。

「きくがよい」と、ウイ・ウォニはいいました。「なんだね？」

「先生がお誘《さそ》いになったとき、あとについていかなかった皇帝陛下《こうていへいか》は、愚《おろ》か者《もの》中の愚《おろ》か者《もの》ではなかったのですか？」

「さあ、それはどうだろう」と、ウイ・ウォニはいいました。「ただ、陛下《へいか》は、芸術家《げいじゅつか》ではいらっしゃらなかった。それは、たしかだ」

こうしてふたりは、宮殿《きゅうでん》の、あの美しい扉《とびら》の前までやってきました。ウイ・ウォニは、扉《とびら》を開《あ》け、ティキ・プーを中に招《まね》きいれました。

絵の外では、今にも消えそうになった小さなろうそくが、ろうをたらしながらゆらめいていました。やがて、芯《しん》がくずれおち、炎《ほのお》が一瞬《いっしゅん》大きくきらめいて燃《も》えつきました。人気《ひとけ》がなくなった部屋を、暗闇《くらやみ》が包みました。

ティキ・プーがふたたび姿《すがた》をあらわしたのは、もう夜がすっかり明けてからでした。みどりの小道をものすごい勢《いきお》いでかけてきて、絵から画室の床《ゆか》に飛びおりると、自分が夜の間に描《か》いていた絵の始末をし、弟子《でし》たちの昨日の仕事の片付《かたづ》けをはじめました。やっと片付《かたづ》け終わったところへ、主人と塾生《じゅくせい》たちがやってきました。

その日も、ティキ・プーは、かれらのために、いつものように絵の具をとき、絵筆を洗《あら》い、台紙に紙をはりました。塾生《じゅくせい》のだれひとりとして、ティキ・プーが夜の間にどんな勉強をしていたか知るよしもありませんでした。

何日かたつうちに、主人は、小僧《こぞう》のようすが変わったのに気づきました。そこで、小僧《こぞう》を叱《しか》ったり、折檻《せっかん》したり、あらゆることをしてみました。それでも小僧《こぞう》の態度《たいど》は変わりません。「あいつめ、いったい何を考えているんだ？」と、主人はいぶかりました。「昼間は、わしが目を離《はな》さないのだから、何かするとすれば、夜の間だな」

主人がことの真相を見つけだすのに、時間はかかりませんでした。ティキ・プーが、人目をしのんで何かこそこそやっているにちがいないと見た主人は、ある晩《ばん》、画室の外に立って見張《みは》っていました。ティキ・プーが夜中にこっそりどこかへ出かけるのではないかと思ったからです。

ところが、しばらくすると、部屋の中から、かすかなあかりがもれてきました。そこで、主人は、指で障子《しょうじ》にそうっと穴《あな》をあけ、目を近づけました。

中では、ろうそく立てにろうそくが燃《も》え、ティキ・プーが、ウイ・ウォニの傑《けっ》作《さく》の前に、大きな紙をひろげて、絵の具と絵筆をもってしゃがみこんでいました。「なんという大それたことを!」と、主人は舌打《したう》ちしました。「どうやら、わしは、ふところにへびを飼《か》っていたというわけだな。あのしみったれ小僧《こぞう》め、画家になって、わしの名声と繁栄《はんえい》を横取りするつもりなのか?」

というのは、それだけ遠くから見てさえ、この子の描《か》く絵が、自分より格段《かくだん》に上をいくこと、いや、今生きているどの画家も及《およ》びもつかぬほどのものであることがはっきりと見てとれたからです。

そのうちに、絵の中の宮殿《きゅうでん》の壁《かべ》にある扉《とびら》が開《ひら》き、ウイ・ウォニの姿《すがた》が小道にあらわれました。毎晩《まいばん》、ティキ・プーを自分の画室につれていき、直接《ちょくせつ》手をとって教えるのが、今ではもうならわしになっていたのです。ティキ・プーがウイ・ウォニの手にすがって絵の中に飛びこみ、老大家《ろうたいか》についてみどりの小道をすすんでいき、宮殿《きゅうでん》の壁《かべ》にある、あのウイ・ウォニ自身が描《か》いた世にも美しい扉《とびら》の中に消えるのを見て、主人のひざはガクガクとふるえました。

「ちきしょう！　やつはあそこで修業《しゅぎょう》していやがったのか。なんというあつかましい野郎《やろう》だ」と、主人は怒鳴《どな》りました。「この恩知《おんし》らずが！　いい気になりやがって！　わしが、自分の利益《りえき》と楽しみのために大枚《たいまい》をはたいて手に入れた絵の中にはいりこむとは。ようし、今に見ていろ、その絵がだれのものか思い知らせてやる！」

主人は、乱暴《らんぼう》に戸を開《あ》け、画室に飛びこみました。そして、大急ぎで絵筆と絵の具つぼをとりあげると、ティキ・プーがそこから中へはいっていったあの扉《とびら》の上に、レンガの壁《かべ》を描《か》きはじめました。最初の壁《かべ》の上に、もういちど重ねてレンガを描《か》き、壁《かべ》を二重にしました。レンガとレンガのすきまには、漆喰《しっくい》をぬりこんで、がっちりと固めました。扉《とびら》がすっかりふさがると、主人は、声を立てて笑い、「ティキ・プーや、おやすみ」というと、満足して寝床《ねどこ》へもどりました。

次の日、塾生《じゅくせい》たちは、ティキ・プーがいないので、どうしたのだろうと思いました。けれども、先生は、そのことについてはひとこともいいませんでした。そして、絵の具をといたり、絵筆を洗《あら》ったりするためには、代わりの小僧《こぞう》が来たので、みんなはティキ・プーのことをすぐに忘《わす》れてしまいました。

それからあと、大先生はすこぶるごきげんで、おおぜいの塾生《じゅくせい》をまわりに集めて、仕事をつづけました。ときおり、ウイ・ウォニの絵にちらっと目をやり、自分が描《か》いたレンガの壁《かべ》を見てにんまり笑いました。ティキ・プーの裏切《うらぎ》りと恩知《おんし》らずに、うまいこと仕返しをしてやったと思うと、満足でした。

時は過《す》ぎ、ティキ・プーが姿《すがた》を消してから五年の歳月《さいげつ》が流れました。

ある日、大先生は、塾生《じゅくせい》たちを前に、ウイ・ウォニの絵について講義《こうぎ》をしていました。かれにまさる色使いの名手はいない、それに、かれの絵にはいわくいいがたい魅力《みりょく》がある、と。

話しているうちに、自分の雄弁《ゆうべん》に酔《よ》った先生は、立ち上がって、ウイ・ウォニの最後の傑作《けっさく》の前で、腕《うで》をふりまわしました。塾生《じゅくせい》たちは、全員、身を乗り出して、熱心に耳を傾《かたむ》けていました。

ところが、とうとうとしゃべっていた大先生の声が、突然《とつぜん》、とぎれました。信じられない光景が目に飛びこんできたからです。自分が描《か》きこんだレンガの壁《かべ》の上に、手のようなものがあらわれ、いちばん上の段《だん》のレンガをはずしはじめたように見えたのです。次の瞬間《しゅんかん》、それはまちがいないことがわかりました。ひとつ、またひとつと、レンガはとりはずされていきました。二重にした壁《かべ》もひとたまりもありませんでした。

大先生は、あまりの驚《おどろ》きと恐《おそ》ろしさに、講義《こうぎ》をつづけるどころではありませんでした。レンガの壁《かべ》がくずされていくあいだ、先生も塾生《じゅくせい》も、ただただあっけにとられて、それを見ていました。まもなく、白い髯《ひげ》を生やしたウイ・ウォニの姿《すがた》が見えてきました。レンガの壁《かべ》をこわしていたのは、ウイ・ウォニその人だったのです！　やがて、老大家《ろうたいか》は、こわしたレンガの残がいを乗《の》り越《こ》えて、外に出てきました。片方《かたほう》の手には、レンガがひとつにぎられていました。そして、そのすぐあとから、ティキ・プーが出てきました。

ティキ・プーは、今では成長して、りっぱな青年になっていました。背丈《せたけ》も伸《の》び、からだつきもがっしりとして、顔かたちさえ美しくなっていました。そして、主人が何よりもうらやましく思ったのは、ティキ・プーが両わきにたくさんの巻物《まきもの》や、紙ばさみをかかえていたことでした。とるにたりない小僧《こぞう》っ子《こ》だったティキ・プーが、今やすばらしい画家になって、この世にもどってくるところだということは、疑《うたが》うべくもありませんでした。

ティキ・プーを後ろにしたがえて、ウイ・ウォニはゆっくりと小道をこちらへ向かってすすんできました。ティキ・プーは、師匠《ししょう》より、頭ひとつ背《せ》が高くなっていました。

絵の真正面まで来たとき、ウイ・ウォニはなんと大きくりっぱに見えたことでしょう！　そして、なんとはげしく怒《いか》っていたことでしょう！

「なぜこのようなことをした？」と、偉大《いだい》な画家は、ティキ・プーのかつての主人に、ほかでもない、かれが自分の手で描《か》きこんで、絵を汚《けが》した、そのレンガをつきつけていいました。そして、主人がでたらめないいわけをするよりはやく、レンガを投げつけて、その口をふさぎました。

絵の中では、ティキ・プーが、自分に画家としてのすべてのわざを教えてくれた老先生の手をとり、うやうやしく額《ひたい》に押《お》し当《あ》てていました。ウイ・ウォニは、やさしく愛弟子《まなでし》をだきしめ、しずかにいいました。

「ティキ・プーよ、さらばじゃ。わたしは今、わたしの分身をこの世に送り出す。疲《つか》れて、休息が必要になったら、わたしのところへもどってくるがよい。いつでもおまえの居場所《いばしょ》は用意してあるよ」

ティキ・プーは、すすり泣きながら、絵から出て、ふたたびこの世の土の上に足をおきました。ふりかえると、老先生は、あの扉《とびら》に向かって、ゆっくりと小道を帰っていくところでした。扉《とびら》の前まで来ると、ウイ・ウォニはふりかえって、最後にもういちどティキ・プーに向かって手をふりました。ティキ・プーは、涙《なみだ》のあふれる目で、じっとそれを見ていました。扉《とびら》は開《あ》けられ、そして閉《と》じられました。ウイ・ウォニの姿《すがた》は消えました。絵は、作者を、花びらのようにやわらかく、その内側に包みこんだのです。

涙《なみだ》にぬれた顔を絵に近づけて、ティキ・プーは、宮殿《きゅうでん》の壁《かべ》にある扉《とびら》にそっと口づけをしました。扉《とびら》は、ウイ・ウォニが描《えが》いたときそのままの美しさで、そこにありました。

「ああ、先生、ウイ・ウォニ先生」と、ティキ・プーは呼《よ》びかけました。「先生はそこにおいでですね？」

ティキ・プーは、答えを待ち、もういちど呼《よ》びかけました。けれども、もはや声は返ってきませんでした。

松岡享子さんと「中国のフェアリー・テール」

このお話の訳者である松岡享子さんは、長年にわたり、絵本・児童文学の翻訳や創作に携わるとともに、お話の語り手として、たくさんの物語を子どもたちに届けてきました。「中国のフェアリー・テール」も松岡さんが自ら語るために訳し、特別な思いを込めて語ってきたお話です。

二〇一五年二月には、岩手県陸前高田市の小友小学校の六年生に、卒業のはなむけとして語りました。その時のことを、松岡さんは次のように記しています。

絵を描きたいという思いに胸を焦がしている貧しい少年が、思いもよらぬある方法で、三百年前に世を去った偉大な画家の教えを受け、すぐれた画家に成長するまでを描くこの物語は、ふしぎな雰囲気をもち、聞く人それぞれに深く受けとめることのできる象徴的な意味を含んでいます。長い話で、聞き手には集中力を要求しますが、子どもたちは、わたしが思った通りよく聞いてくれました。

15人のこの子どもたちのまっすぐな目を受けとめながら、わたしは、この子たちが主人公の少年と同じように、何か自分の人生でやりたいことを見つけてくれるように、また、学校でも、学校の外でも、心から尊敬でき、師と呼べる人に出会うことができるようにと願いました。さらには、本が、三百年、五百年前の人と近づき、その教えを受けることができる手立てであることを知り、本を通して広い世界への扉を開くことができるようにとも願いました。物語には、短いはなむけのことばでは到底いい尽くせない、数多くの祈りを託すことができます。わたしが伝えたいことを、わたしに代わって、色彩豊かに、美しく、しかも心の深みに届くよう、力強く語ってくれる物語があって幸いでした。

（松岡享子）

東京子ども図書館『「3・11からの出発」活動のご報告 No.17「6年生を送る」』（2015／4／20）より抜粋

この物語を皆さんに届けたいと願いつづけ、本の刊行をとても楽しみにしていた松岡さんでしたが、残念ながら二〇二二年一月に、逝去されました。

松岡さんは「中国のフェアリー・テイル」と題して、お話との出会いから語るようになるまでを文章に綴っています。「訳者あとがき」にかえて、最後にそのエッセイをお届けします。

編集部

「中国のフェアリー・テイル」

松岡享子

私がこのお話の題を初めて心に留めたのは、石井桃子さんの『子どもの図書館』の中でした。一九六五年のことです。本の終わり近くに、リリアン・スミスさんと、彼女が児童部長をしていたカナダのトロント市公共図書館の児童室「少年少女の家」のことを記した箇所がありますが、一九六一年にそこで開かれた「ストーリー・テリング大会」で語られたお話のひとつがこれだったのです。

その大会は、イギリスの桂冠詩人ジョン・メイスフィールドが、トロント放送局のために書いた詩の原稿料を、「古くから伝わるおとなと子どものための芸術、ストーリー・テリングのために使うように」と「少年少女の家」に寄付したことからはじまったもので、このときの来賓の語り手は、イギリスから招かれたアイリーン・コルウェルさんでした。コルウェルさんは、メイスフィールドと親しい交流のあった方で、詩人のメッセージを携えての出席でした。石井先生はこのときのことをつぎのように記しておられます。

「コルウェルさんが、一週間の大会のあいだに話したいくつかのうちでは、イギリスの詩人、ローレンス・ハウスマン作の『中国のフェアリー・テイル』という話が、圧巻でした。それは、美しいものにあこがれる心は、何ものにもまして尊く、守られなければならない、それを妨げるものは、その罪、死に価するというテーマの、絵画に志す中国の少年の話でした。はじめからおしまいまで静かな口調で語られたこの話がおわった時、会場は、それこそ水をうったようにしずまりかえって、しばらくは、だれも動きませんでした。おそらく、大部分の人が、涙をうかべていたと思います。」

いったいどんなお話だろう？　私はこのときから、まだ見ぬ景色にあこがれるように、まだ耳にしたことのないお話に、心を惹かれていました。そのあと、コルウェルさんのお得意のレパートリーを集めたお話集『ある語り手の選択』(*A Storyteller's Choice*)の中に、このお話を見つけました。不思議な力をもつ物語だと思いましたが、自分が語ることなどとても考えられませんでした。コルウェルさん自身、解説に「語るのに難しい話」と記していらっしゃいましたから。

それから、何年も過ぎました。その間に、私は、ローレンス・ハウスマンのもうひとつのお話「ネズミ捕り屋の娘」を語るようになり、ある方の助けで古書店からハウスマンのお話集を何冊も手に入れ、この作家の一種不思議な雰囲気をもつ物語に親しむようになりました。そして、ハウスマンがもともとは画家だったこと、それもエッチングの画家で、細かい仕事で目を悪くしてから作家活動にはいったことなどを、ぽつりぽつりと知るようになりました。

題を知ってからほぼ四十年経った二〇〇二年の九月、コルウェルさんが九十八歳でお亡くなりになりました。そして、翌年の二月、東京子ども図書館ではささやかな追悼式を行いました。私は、なぜかこのとき、コルウェルさんへの感謝の捧げものとしてこのお話を語ってみようという気持ちになったのです。そう決心してから、私は時間との競争のようにして、お話を訳し、語るために手を入れ、(コルウェルさんも、語るためには何箇所かカットしたほうがいいとアドバイスしていらっしゃいます) おぼえる作業にはいりました。そのあいだ、私は、なんだかコルウェルさんがそうっと背中を押していてくださるように感じていました。(そうでなければ、途中で諦めていたかもしれません。) 追悼式は、お話がまだ私の胸にしっくりおさまらないうちに来てしまいました。それでも、私はとにかく「献花」に代わる「献話」として、コルウェルさんへの感謝の思いをこめて一所懸命語りました。あとで石井先生が「(あのときのことを) 思い出しました」と、おっしゃってくださったのはうれしいことでした。

語り終わって感じたのは、だれよりも私自身がいちばんこのお話に慰められたのではないか、という思いでした。このお話の主人公、魂の奥底から絵を描きたいと願った少年は、三百年の時を経て、少年が敬愛してやまないある偉大な画家に、彼の絵の中に招き入れられ、「画家としてのすべてのわざ」を教わります。同じ思い、同じ志をもつ芸術家の師弟の美しくも不思議な交流……。それは、芸術の世界だけでなく、どの世界でも起こりうることだと思いました。子どもと本に対する思いを共有することで、私もまたコルウェルさんと共にあることができる。善いもの、美しいもの、真実なものは、時を隔てても、世代を超えても、伝えられていく。この物語が(そして、この物語を愛したコルウェルさんが)、私にそう語りかけてくれたようで、大きな慰めを与えられたのです。

それ以来、これは私の大事な物語になりました。語るたびにこのお話がすきになり、語っていると、これを書いた作者にも、これを語ったコルウェルさんにも近くなる気がします。

先日、あるところでこれを語る予定の日の直前に、子ども文庫の大事なお仲間・瀬林杏子さんの訃報を聞きました。コルウェルさん同様、九十七歳まで子どもと本に捧げきったご生涯でした。瀬林さんの清らかでまっすぐなお人柄を思いつつ、これを語った私は、再び深い慰めを得ることができました。

東京子ども図書館発行「こどもとしょかん」一一四号(二〇〇七年・夏)中の連載エッセイ「ランプシェード」より

著者

ローレンス・ハウスマン（Laurence Housman）

1865年、イギリスのウスターシャー州の町ブロムズグローブに生まれる。ロンドンのランベス美術学校やサウス・ケンジントン美術学校などで学び、挿絵画家としてデビュー。クリスティーナ・ロセッティ作の『ゴブリン・マーケット』（1893年）の挿絵で注目される。木口木版による細密な版画制作により目を患ってからは執筆活動に専念。詩人、小説家、劇作家として数々の作品を世に送り出した。ヴィクトリア時代の妖精文学の黄金期を支えたひとりとして、子どもに向けたファンタジー作品も多い。「中国のフェアリー・テール」（A CHINESE FAIRY-TALE）は、1904年に、お話集“THE BLUE MOON”の中の一篇としてロンドンの出版社John Murrayより刊行された。
これまで邦訳された作品には、「銀色の時」（『銀色の時』に収録）「妖精を信じますか？」（『夏至の魔法』に収録／以上、講談社）、「ゆり木馬の国」（『ものぐさドラゴン』に収録／青土社）などがある。1959年逝去。

訳者

松岡享子（まつおか きょうこ）

1935年、神戸に生まれる。神戸女学院大学英文科、慶應義塾大学図書館学科を卒業した後、渡米。ウェスタンミシガン大学大学院で児童図書館学を学び、ボルチモア市の公共図書館に勤めた。帰国後、大阪市立中央図書館小中学生室に勤務。その後、家庭文庫をひらき、児童文学の研究、翻訳、創作に従事。1974年、石井桃子氏らと財団法人東京子ども図書館を設立し、長年、同図書館の理事長を務めた。子どもたちにお話を語ることの大切さを説き、大人のためのお話会を実施したり、語り手養成のための「お話の講習会」を開講。図書館の活動を通して、お話の普及に尽力した。
絵本の文の創作に『おふろだいすき』『えんどうまめばあさんとそらまめじいさんの いそがしい毎日』、絵本の翻訳に『しろいうさぎとくろいうさぎ』、童話の創作に『くしゃみ くしゃみ 天のめぐみ』、童話の翻訳に「くまのパディントン」シリーズ、「あたまをつかった小さなおばあさん」シリーズ（以上、福音館書店）、「ゆかいなヘンリーくん」シリーズ（学研）ほか多数ある。2021年、文化功労者に選出。2022年逝去。

〈編集協力〉
松岡恵実
（公財）東京子ども図書館

中国のフェアリー・テール

2024年9月5日　初版発行

著者　ローレンス・ハウスマン
訳者　松岡享子
発行　株式会社 福音館書店
〒113-8686 東京都文京区本駒込6-6-3
電話　営業(03)3942-1226　編集(03)3942-2780
https://www.fukuinkan.co.jp/
デザイン　鷹觜麻衣子
印刷　精興社
製本　大村製本
NDC933 32p 22×17cm ISBN978-4-8340-8804-5